KB161987

푸른사상 시선 158

수궁가 한 대목처럼

푸른사상 시선 158

수궁가 한 대목처럼

인쇄 · 2022년 5월 23일 | 발행 · 2022년 5월 30일

지은이 · 장우원
펴낸이 · 한봉숙
펴낸곳 · 푸른사상사

주간 · 맹문재 | 편집 · 지순이, 김수란, 노현정 | 마케팅 · 한정규
등록 · 1999년 7월 8일 제2-2876호
주소 · 경기도 파주시 회동길 337-16(서패동 470-6) 푸른사상사
대표전화 · 031) 955-9111(2) | 팩시밀리 · 031) 955-9114
이메일 · prun21c@hanmail.net /prunsasang@naver.com
홈페이지 · http://www.prun21c.com

ⓒ 장우원, 2022

ISBN 979-11-308-1921-1   03810
값 10,000원

● 저자와의 합의에 의해 인지는 생략합니다.
● 이 도서의 전부 또는 일부 내용을 재사용하려면 사전에 저작권자와
  푸른사상사의 서면에 의한 동의를 받아야 합니다.
● 이 도서의 표지와 본문 레이아웃 디자인에 대한 권리는 푸른사상사에
  있습니다.

푸른사상
시선
158

수궁가 한 대목처럼

장우원 시집

푸른사상
PRUNSASANG

읽히지도 않는
시를 쓴다고
스스로
힐난치 않기로 했다

나보다 더 애틋이
내 시를 사랑한
아내와
벗 하나 있어

여기 담아
고마움을 전한다

2022년 5월
장우원

제2부

제3부

제4부

제1부

요양 병원 침대맡 기도

당신을 위해 그런 게 아닙니다.

모두 나를 위해서
그렇게 하지 않으면 내가 힘들어서
그래서 그렇습니다.

그러니 이제
편히 주무십시오.

꿈이 깨면
육신의 무게가 사라졌음 좋겠습니다.

어머니

부치고 싶은 편지

어머니 잘 들어가셨는지요

아버지 오랜만에 만나셨는지요

이승의 마지막은 어디에 들르셨나요

이제는 꿈이라도 꿀 수 있을지

둥둥 하늘에는 구름만 가득합니다

물려주고 싶지 않은 직계(直系)

내가 태어난 게 아니고

나의 아버지가 녹내장이 아니고
나의 큰형님이 녹내장이 아니고
거기에 췌장암도 아니고
나의 셋째 형이 녹내장이 아니고
나의 막냇동생이 녹내장이 아니고

딱 그랬다면,

이를테면,

이를테면!

내 슬픔은

내 슬픔은
백마부대에서 왔는지도 모른다

백마부대를 제대한
막내 외삼촌인지도 모른다

백마가 새겨진
월맹군 토벌 사진인지도 모른다

따이한이 밟고 섰던
그 땅 냄새인지도 모른다

외가 골방에서 보던
파월 장병 가족에게 온 홍보물
그 속 어딘가 숨어 있을 막내 외삼촌

죽음을 알기도 전
내게 죽음을 안긴

내가 닮은 눈빛

내 슬픔은
귀국 한 달 뒤
영산강 두루미를 따라간
막내 외삼촌인지도 모른다

계보(系譜)

아버지, 쉰여섯
토요일 햇살 고운 삼월
아지랑이처럼 흐려지는 시신경

아니 그전, 스물 초반
월남 갔다 돌아온 막내 외삼촌
씨레이션 몇 통 남기고
영산강을 날던 여름 흰 새처럼

아니 그 어름
큰 눈만 생각나는 열여섯 외사촌 누나
슬픔을 느끼지도 못할 나이
농약병 곁에 함께

기억이 가물거리는 서른하나 그 어름
풍문처럼
또 다른 외사촌 누이

멜로같이, 결혼 반대의 끝

칠순이 넘은 오촌 당숙
고향 동네 파란 기와지붕 아래 홀로
아무도 이유를 모른 채

그리고 큰형님
일흔 고개 딱 넘기고
임대 아파트 화단
암과 녹내장과 실명과 치열한 전투 끝

그런데도
잘 견뎌 왔군
잘 건너왔어

이순을 앞두고 생각하니

잘 견뎌 왔어
이 두려운 가계도(家系圖)

햇살 따스운 봄날

눈물은
아지랑이보다 먼저
거꾸로 피어오른다

암을 앓는지도 모르고 있는 엄니 손잡고
막내 이모 마지막 보고 오던 길
7년 치매로 육신과 정신줄 모두 놓은
막내 덕심이 이모 눈동자에 가득한 눈물

으-어-으-어-으-어

침대만 흔들어 대는 덕심이 막내 이모
침대가 대신하는 말들

오매 그래도 알아본다야
우리 덕심이가 용케 알아보네잉

주름 선명한 얼굴 부비는

큰언니 양심이 우리 엄니

두 얼굴이 저리 닮았던가
햇살 한줄기 병실을 들여다본다

당부

묻지 마세요

콩알만 한 항암 약을 먹고 그 약에 취해 세 끼니때만 일
어나고 계속 잠만 자는 장모님께 희망이라든가 삶의 기쁨
이라든가 인생의 목표라든가 아니 그냥 하루가 무슨 의미
가 있는지

석류꽃 만발하다 뚝뚝 지고 치자꽃 인동 뒤를 이어 향내
흐드러져도 문밖출입이 버거운 장모님께 백수라든가 장수
라든가

들어주세요

경제 동향이 어떤지 장마가 어디쯤 오다 말았는지 역병
이 얼마나 오래가는지 그런, 사소한 일 대신 그냥 찾아와
손이라도 맞잡고 한량없이 되풀이되는 장모님 옛날이야기
를 목숨이 묻어 나가는 슬픔을

아주 처음 듣는 것처럼 호들갑스럽게 장단 맞춰 주세요

큰누나 결혼사진

큰누나 결혼사진에는 내가 없다

43년 전 아버지와
93세 어머니는
큰누나 결혼사진에서
비로소 동시대를 산다

내가 없어도 함께 있는
아버지와 어머니

43년 만에 영정으로 다시 만나는
어머니와 아버지

내가 여전히 없는
그 어딘가에서는 행복했음 좋겠다

마음 쓰이는 밤

집 나온 고양이는
어느 후미진 덤불에 웅크리고
집 안에 갇힌 개도
앞발에 턱 괸 채 짖기를 멈췄다

다들 깊은 밤이다

꽃잎도 다시 닫혀
숨을 고르고
해맞이 준비를 새로 한다

반구대 암각화보다
더 오래된 일이다

올빼미도 사냥으로
온밤을 보내지는 않는다

밤새 윤전기를 돌리는

환갑 직전 바깥사돈

야근에 잠이 없다

반구대 암각화가 수몰되는 것보다

더 마음 쓰이는 일이다

바쁜 이유

왜 바쁜지 생각했어

가자지구의 피 소식
지중해 모래밭에 떠밀린 아이 사체
시리아의 포성
가까이 제주 난민까지

세상, 소식이 너무 많군

방문 앞 쓰레기 냄새도 해결 못 하고
싱크대 위 전구 나간 지도 오래인데

세상, 나한테 달려드는군

대통령이 몸살 났다고
기업 총수가 구속이 되었다고
여배우가 사망 직전 지목한 방 사장이 누구인지
2차 사고로 노부부가 숨진 고속도로가 어디인지

읽고 또 읽고
보고 또 봐도

쓰레기는 냄새가 줄어들지 않고
소식들은 계속 넘쳐 나는데
나는 어디에 파묻혀 있는지
모르겠단 말이지, 도대체

내가 바쁜 이유
내가 살아가는 이유

내가 사라진 그 이유

나는 시인이다

뭐, 지방이 아닌 중앙에서
시집을 두 권이나 냈으니 말이다

그래서 나는 직업란에 '시인'을 한다

시인을 해서
시를 싣는다
돈도 함께 싣는다

시인을 해서
시집을 낸다
돈도 함께 낸다

팔리지도 않는 시집은
우체국에서 처리한다
돈도 함께 처리한다

직업을 '시인'한 나는

시로는 먹고살 수가 없다

그러니까 나는
참, 헤픈 시인이 되고 말았다

그런데,

물에서

숨 쉬기는

싫어

더군다나

차가운

물에서

더더군다나

어두운

물에서

발신만 되는

수평선

밑에서

7년이 지났는데도

깜짝깜짝

아직도

무서운 샤워

호명(呼名)

화장실 구석에 매달려
몇 년째 손 타지 않은 시계
대체 저것을 어찌 불러야 하나

고장 난 시계
가지 않는 시계
안 가는 시계
못 가는 시계
멈춰 버린 시계
건전지가 다한 시계
건전지를 갈면 가는 시계
갈 수도 있는 시계
건전지를 넣어도 갈지 안 갈지 알 수 없는 시계

내 이름 석 자도 이와 같으니
누구에게는 쓸모로
또 누구에게는 불용으로, 껍데기로
또 누구에게는 잊혀짐으로

나를 대신할 터

홀로 걷는 대낮, 그러나

카톡은 연신 울어 쌓고

페북 답글이 지르르 울려도

나를 불러 줄 누군가 여전히 그립다

아버지보다 더 살고 보니

정리할 것들은 짐뿐만이 아니다

격주로 배송되는
회원으로 있는
아프리카 어느 아이를 책임졌다는
고료 대신 받아 보는
정기 구독하는
연금 지급한다는

세금 보험 가스 전기 정화조 대출 권유

용케도 나를 찾아오는
존재의 증명들

까닥 정신줄 놓거나
먼 길 떠나면
탓하며 누가 이것들에 답할까

겨울을 앞둔 나무
잎새들 하나씩 잘라내듯
멀든 가깝든
서서히 준비해야 할 때

바람은 뼛속들이 차갑고
날리는 종잇조각들
허공에 어지럽다

춘래 유감

봄은 왔는데
산비둘기 왜 저리 들이우는가

연둣빛 새싹 너머
추위에 말라죽은 가지만 보이는가

벌써 왜 이순인가

제2부

어느 해

꽃 피었다
꽃 지도록,

바람에 비
흩날리도록,

나뭇잎 선연히
피멍 들도록,

이윽고 흰 눈
다 지우도록,

소식 없는 당신이 그립습니다

지렁이의 시간

점액이 태양으로 마르기 전
공중으로 혈액이 증발하기 전
굽은 몸 그대로 박제가 되기 전

깊고 고독한 응달을 찾아
흙을 파고 몸을 숨겨야 할

지렁이의
기나긴
시간

완성되지 못한
시간

달팽이의 시간

기어가는
달팽이 한 마리

우주의 시간을 등에 이고
천천히
자전하는 중

지구는 그저
그의 몸 바닥에 붙어 있을 뿐

그의 몸은 그저
지구를 굴리고 있을 뿐

수궁가 한 대목처럼

세상은 용궁과 같아서
제정신으로는 버티기 힘든 곳

제정신으로 버텨야 하는 곳

토끼 용궁 가듯
토끼 간 널어 두듯
햇볕 잘 받는 창가
버티고 섰는 빨래 건조대에
나를 걸어 두고 나가야지

나 없이 빈 몸으로 나왔어야지

그럴 수 있다면
다시 돌아갈 수 있다면

토끼 간 찾으러 가듯

나를 다시 찾을 수 있다면

토끼 용궁 빠져나가듯
반지하 한 움큼 빛을 따라
한 번쯤 구원을 받을 수 있다면

제정신으로는 버티기 힘든 세상
토끼 간 꺼내 놓듯
나를 두고 나설 수 있다면

기차를 기다린다

기차를 기다리며
철로는 빛난다.

바퀴와 싸운 곳은
녹슬지 않는다.

녹슬지 않기 위해
제 살을 내어 준다.

제 살을 내어 주며
온 힘으로 견딘다.

오는 것들 거부하지 않고
가는 것들 잡지 않는다.

살을 에일 듯
빛나다 사라지는

기차는 먼 곳부터 두드리며

두려움과 함께 온다.

지는 하루

저물녘, 참새들
아파트 입구 커다란 우듬지
바람에 통째 흔들려도
소란스러운 지저귐, 즐겁다는군

둥지는 한낱 근심 덩어리
날개를 얽어매는 사슬

지고 가지도 못할
집 한 채 바라보며
총총
돌아가는 발길, 무겁다는군

가을 두물머리

지키지 못한 약속처럼
떠나보낸 세월
물안개로 피어
시야를 흐리게 하는 날

두 물이 만나는 동안에도
여전히 손잡을 일 없었다
제 길 가는 물살 하나
선연히 뒤챌 뿐

봄과 여름과 가을을 견디다
이제는 색 바랜 강가

젊음도 이렇듯 멀어지고
쓸쓸함은
가을 두물머리 도처에서 밟힌다

가을

슬플 게 무에 있느냐
우기고 싶다만
느닷없이 슬프오, 가을은

그렇다는 말이외다

나뭇잎도 힘없고
햇살도 누렇고
바람마저 서럽소, 가을은

그러리라는 예감이외다

겨울 다 지내고
봄을 기다릴 힘
보이지 않소, 가을은

그러구러 슬퍼도 그냥저냥
견딜 일이오, 이 가을은

꼭 그래야 한다는 혼자 다짐이외다

낙엽 단상

사라지기 전
가벼워지기

가벼워지기 전
비우기

비워서
껍질로 마르기

말라서
가볍게 부서지기

요양병원 침대 위
검버섯처럼

마침내 부서져
잊혀지기

풍경

단독주택 담벼락 아래
반듯한 주차선 흰색 승용차
검은색 선명한 색안경 함께
운전석을 나오는 노인
발치로 영산홍 분분한 꽃잎

봄이 가고 여름이 가고 다시 또 봄이 갔다

가려진 주차선 흰색 승용차
색안경 노인은 보이지 않고
승용차 지붕 위 영산홍 쌓인 꽃잎

겨울이 가고 다시 또 봄이 갔다

느린 화면을 찍는 것처럼
팔을 붙잡힌 채 발을 끌며 내리는
승용차 뒷좌석 색안경 노인
지진파처럼 떨리는 몸짓

끄는 발에 차이는 영산홍 꽃잎

다시 또 봄이 갔다

승용차는 보이지 않고 텅 빈
하얀 주차선 위에 어른거리는 장례식 완장

다시 또 봄이 오기 전

굴삭기 먼지 함께 무너지는 담벼락
뿌리째 뽑혀 꺾인 영산홍 잔가지들

겨울

문을 닫았는데도
자꾸 들어오는 찬바람

떨어진 나뭇잎은
한자리 머물지 못한 채
갈 길이 바쁘고

부고를 알리는 문자는
흐린 눈에 가린 채
바람에 어지럽고

붙잡는 것보다
보내는 것이 어울리는 때

순간

캄보디아 롤레이 사원 앞 도로
시바 신이 목숨 하나를 거두는데
참 한순간이더라
붉은 흙 붉은 피 누렁이
버스 바퀴는 단단하더라
외국 관광객 볼세라
또 쏜살같이 치워진 목숨
온기 잃은 자리는 꺼멓게 물들었더라
곁에 있던 개가 안 보이자
남은 개가 흙 검은 곳을 맴돌며
꾸엉꾸엉
버스가 지나간 하늘에 대고
우워우웡 했더랬다
바큇자국같이 이빨이 갈렸더랬다
나는 또 그걸 보고
한 시인을 떠올리고 있더라
그의 당나귀가 저리 울었을까
눈 대신 쏟아지는 열대 햇살
따갑더라 숨 확확 막히더라

눈 내리는 날

눈 내리는 산을 보고 싶어
산에 갔더니
눈은 푸지게 내리는데
산은 없더라

눈 속에 안 보이더라

그리운 것들도 그렇게
다가설 때
사라졌으면 좋겠더라

보고 싶을 때
잊히면 좋겠더라

눈 내리는 날
추모 공원은
안 보였으면 좋겠더라

당신을 잊기로 함

어둠 두껍게 입고
시간도 숨죽인 새벽
한마디 하지 않아도
말이 반짝이는 하늘
발이 번득이는 수면

이 고요를 당신께 드림

먹먹한 기억 저편
흐르지 못하고 고인 것들
흔들리지 않을 줄 알았는데
새벽 울음으로 요동치기 전
차곡차곡 다시 가라앉혀

이 슬픔도 당신께 드림

그리고 잊기로 함

잠

산 아래 구부러진 길
당신이 안 보입니다
그래도 나는
기다립니다

길은
당신이 온다는 신호
저 길 어디쯤에서
나를 보고 있을지도 모릅니다

강이 막아섰다고 생각하지 않습니다
길은 또 물을 따라
살아 있는 날들을 기억하고
당신의 아지트와 연결합니다

밤이 되면 그곳
머릿속 반짝이는 반딧불이 아래
지나온 길 모두 잊고
조용히 잠들겠습니다

제3부

사는 이유

물고기를 잡아서 팔 것도 아니고 끓여서 먹을 것도 아닌데 그는 매주 낚시를 간다

손맛이 곧 인생 대쾌(大快)라고 말하는 그를 무슨 거사(居士)처럼 대접하고 싶지는 않지만 그 깊이를 누가 설명 좀 해 주었으면 좋겠다

낚시를 가는 목적이 무엇인지 낚시를 가는 이유가 무엇인지 낚시를 왜 하는지 보이는 게 다가 아니고 만지는 게 다가 아니라는 말은 빼고 말이다

주 5일의 노동은 낚시를 가기 위한 밑밥이라는 그의 삶이 가끔은 부러워지는 이유를 나도 이해하며 살고 싶다

포만 직설

명태 사체를 발라 먹는다
곤이와 애
잘 보관된 냉동 부속들 함께

봄비 무척 많이 내리는 밤

오리 소 돼지 닭
여기저기 널브러져
심탐(深耽)하는 사람들

병원 영안실 근처
싱싱한 사체를 알리는 간판들
맛있는 사체를 권하는 불빛들

죽은 것에 질릴 때쯤
산 것들 찾아가는 입들

멍게와 오징어는 움직이는 채

껍질 벗긴 광어는 생살 예쁜 채

밤은 그렇게 깊어 간다
비는 그렇게 하수구로 흘러든다

무죄
— 어느 여배우의 자살

에이는 돈을 내고 낚시를 한다

삐는 돈을 들여 물고기를 사서 낚시터에 흩뿌린다

에이와 삐는 물고기를 매개로 거래를 한다

낚시터는 그 둘의 교미터다

누구는 돈을 들여 물고기를 뿌리고 또 누구는 돈을 내어
그 고기를 잡는다

하나도 자본주의답지 않는 이 시장경제가 원래 인간이
할 짓이었는지는 아무도 증명하지 못한다

먼 곳에서 물고기를 생포하여 삐에게 공급하는 씨는 고
수익이라도 에이와 직거래를 틀 생각이 없다

때로 반항하는 물고기도 있게 마련이나 그것들의 권리는
처음부터 없었기에 죄는 성립하지 않는다

스마트 세상

한 노인이 흐르는 물줄기를 가위로 자르고 있다
걸음마를 막 배운 아이도 가위질을 따라 한다

Ctl C, Ctl V, Ctl C, Ctl V, Ctl C, Ctl V

스마트폰은 아이의 영혼
어른들은 그저 배터리만 충전할 뿐이다

이 시대의 육아법

옹알이를 하기 전
기어 다니기 전
뒤뚱거리기 전
혹은 대들기 전

편하려면
즐기려면

전철이든
식당이든
어디든

말귀가 아니라
손길이 아니라
눈길이 아니라

핸드폰을 쥐여줄 일이다

거기에 더해

현명하다면

여분도 한 대 가지고 있을 일이다

통화의 정석

광고 전화인 게 분명하다
나는 전화를 끊었다
너는 전화를 받았고
한 3분쯤 응대를 했다 그리고

광고를 들어주어야 그 여자─대부분 여자다
돈벌이가 된다는 너의 친절을
나는 견딜 수 없었다 스팸
신고를 누르고 다시 전화를 받았다 이번에는
통화를 누른 채 너와 대화를
즐겼다 여자는 말하다 말고
다급하게 외쳤다 여보세요 여보는
전화를 끊지 않았다 그 여자가
전화를 끊었다 다시
나를 부르지 마세요 통화 기록을 지웠다

머 그냥 네, 네만 하다가
얼추 이제 됐는지 물으면

머 도와주는 거지 네가

말했고 다시 전화가 왔다 나는

생판 모르는 여자에게 전화를 받을 수 없는 변명을

하고 싶지 않았다 바빠서

문짜로 주셔요 문짜 아니면

메쎄지로 주세요 아니면

확 그냥 전화기를 던질지도 몰라

요요요요요요는 빼고

내가 전화를 되걸면 통화 중이다

나를 찾는지

먹이를 찾는지

돈 냄새를 찾는지

전화벨이 또 울린다

하루예닐곱건네말대로하자면일년동안이천번이상을모르
는여자와통화할수는없는일이다

개미마을*

낡은 마을버스와
늙은 손님

전철역 멀리 벗어난 오르막
버스도 손님도 숨 가쁘다

콘크리트 아파트
발치에 쌓일 즈음
하차하는 늙은 손님
굽은 허리 뒤춤
휴대용 부탄가스 꾸러미
달랑거린다

서울특별시
특별한 동네
도시가스도 닿지 않는
도시

인왕산 그러나 두텁게 감싸고
돌담 사이 마당은 꽃들로 환하다

늙은 손님 땅에 발 딛고
운전기사와 인사 나눌 때까지
심장에 맞춰
그릉거리며 기다리는 마을버스

서울특별시 개미마을
사람 냄새 그윽하다

* 서대문구 홍제동 인왕산 산비탈에 한국전쟁 때 피난민들이 판자로 만
들었던 정착촌을 이름. '인디언촌'이라 불렸으나 부지런한 사람이 산
다는 긍정적 의미의 '개미마을'로 고쳐졌다.

꿈속에 그려라 그리운 고향*

아래층 저학년 교실
탈향도 한번 없었을 아이들
고향이 그립다는 합창
옥 같은 시냇물 개천을 금방이라도 건널 듯
열린 유리창을 타고 애닳다

향수가 도진 드보르작
찾아가 위로받던
할렘 노예 후예들 선율
낡은 색소폰 끈끈한
Going home, I am going home
배경이나 알고 부를까
고향을 그리는 절절함
느끼기는 했을까

풍금도 없이
무심하게 누르는 마우스 따라
온라인을 흐르다

허공을 떠도는 박자들

색깔을 바꾸는 노래방 반주처럼

익숙하게,

텔레비전을 보며 소리 내는 아이들

저학년 교실에서 퍼지는 노래

끝없이 반복될 것 같아

여러 가지로 다시 슬픈

꿈속에 그려라 그리운 고향

* 드보르작 교향곡 〈신세계에서〉 2악장 'Going home' 번안 제목

와온, 노을에 취하다
— 나종영, 김해화 시인과

언젠가 와 본 것 같기도 하고
처음인데도 처음이 아닌 것 같은
와온 바다는

와−온− 하고 입을 오므리면
삭신이 나긋나긋해지는
와온 바다는

길손 몇 명 호응하는
노을맞이 행사 무대
쓸쓸한 노래마저 다독다독 잠재우는
와온 바다는

철근 엮는 시인과
은행 다니는 시인과
애들 가르치는 내가
와온 슈퍼
붉은 플라스틱 의자에 파묻혀

노을을 붙들지 못하는
와온 바다는

뻘밭에 드러눕지 않아도
밀물 타고 다가와서는
말린 운저리 고추장 함께
막걸리 병마저 붉게 만드는
와온 바다는

화포나루 너머로 해가 지고 나서야
진짜 노을이 꿈틀대기 시작하는
와온 바다는

갯벌을 헤집고
물속 깊숙이 뿌리내린 노을이
어둠 속 핏빛 토해내고는
기어이
불콰하게 얼굴로 물들고야 마는

와온 바다는

언젠가 와 본 것 같기도 하고
처음인데도 처음이 아닌 것 같은
와온 바다는

구두의 중심

그는 아니 그이 구두는 뒷굽이 닳지 않지

아니 발꿈치가 땅에 닿지 않지 아니 그가 발꿈치를 지구에 댈 수 없지 절대 닿지 못하는 절대 닿지 않는 발바닥 중간 그곳이 그가 땅을 만나는 곳이지 세상을 버티며 걷는 방법이지 힘들겠다고 말하지 마 그냥 다를 뿐이야 조금 늦을 뿐이야 조금 뒤뚱거릴 뿐이야 두 발 공평히 몸을 지탱하지 않을 뿐이야 걷는 건 그도 마찬가지야 앞으로도 가고 옆으로도 가고 필요하면 뒤로도 갈 그는 아니 그이 구두는 뒷굽이 닳지 않지 발꿈치가 땅에 닿지 않지 아니 그가 발꿈치를 지구에 댈 수 없지 절대 닿지 못하는 절대 닿지 않는 발바닥 중간 그곳이 그가 만날 수 없는 지구를 만나는 곳이지 세상을 버티며 걷는 방법이지 힘들겠다고 말하지 마 그냥 다를 뿐이야 조금 늦을 뿐이야 조금 뒤뚱거릴 뿐이야 두 발 공평히 몸을 지탱하지 않을 뿐이야 걷는 건 그도 마찬가지야 앞으로도 가고 옆으로도 가고 필요하면 뒤로도 갈 뿐이야

마침내 지구의 중심을 움직일 뿐이야

걸으며

여태 한길만 보고 걸었다 직선으로, 헌데

지구는 둥글고
내가 걸어온 길은 모두 곡선이다

오래 걷다 보니 알게 된 사실이다

사람과 사람 사이
비행기도 곡면을 따라 움직이고
기차도 자동차도 마찬가지다

나는 기실 먼 길을 돌아온 셈이다

이제 보니 두 사람의 가장 짧은 거리는
직선이 아니라
구부러진 직선이다
(말이 되는지는 물리학자와 언어학자가 한판 붙어 봐야
알겠지만)

지구 밖으로 나가면

움직이는 천체들

삶이 그러하듯
직선은 더욱 복잡해진다

움직이는 두 천체의 최단거리는
시간 또는 계측기의 속도가 좌우하므로
직선은 이제 직선이기를 포기한다
(그렇다고 직선은 어떻게 정의해야 하는지 따지지 마시
길!)

허나 다행인 것은
당신과 나는 하나의 천체
지구에 있다는 것
서로 움직이더라도
중력을 벗어나지 않는다는 것

걷다 보면 마침내 만날 수 있다는
바로 그것

참새 목욕탕

물만으로도 푸성귀 잘 자라던 화분 흙
가을 지나 굳어진다 싶더니

참새들 날아와
흙을 일궈 날개를 씻는다
물 튀기듯 흙 알갱이 흩뿌린다

딱딱하게 닫혔을 흙
참새들 겨우내 목욕한 뒤
부슬부슬 부드럽다

그렇게 엄동 지나고
이듬해 뿌리지도 않았는데
금잔화 무성하다

부드러워야 생명이라고
참새들, 목욕으로 선연히 증명한다

산비둘기 전용 모텔

거실 밖 튼실한 소나무 가지 위 산비둘기 두 마리
왜 하필 여기까지 와서 그 짓을 하는지 물어볼 수도 없는
일이었으나

필시 생식소멸 중인 초로(初老)의 사내를 겨냥했을 터
반사유리의 속성을 꿰뚫고
속수무책 저것들의 정사에 노출되었다

모텔 주차 번호판 가린 차주도 아니고
평생을 제 짝만 사랑한다니, 산비둘기는
대낮, 사내의 욕구를 능멸했다손
그래, 저것들이 무슨 죄냐 싶어
이름 하나 지어 준다

'산비둘기 전용 모텔'
'참새 목욕탕' 바로 옆 되시겠다

희망가

12월의 마지막 날을 보내면
무언가 달라졌으면

마술처럼 고통은 사라지고
웃을 일만 생겼으면

그냥 내일이 아닌
새해 첫날

처음 걸음을 내딛는 아이를 보며
둘러앉은 부모처럼
흔들려도 희망을 애기하며
손 내밀었으면

그 손 맞잡고 나아갔으면

사글세 반지하 빼꼼한 환기창에도
노숙인 바람막이 박스 안에도

비정규직 매서운 출근길에도
해고로 피멍 든 가슴으로도

햇살,
고루고루 따뜻하게
퍼졌으면

사람의 손을 타고
다가갔으면

봄이 참 힘들기도 하다만

역병을 아는지 모르는지
꽃은 다시 그 자리에 피고

마스크 너머로
무심한 햇살만 따스운 봄

잠시 멈춰 서라는 뜻
멈춰 섰다 생각하라는 뜻

업보는 인간의 몫
그렇다 하더라도,

나보다 더 많이 너를 생각하는
우리가 자랑스럽기

다시 핀 꽃보다
우리가 더 아름답기

으랏차차
다 함께 힘내기

제4부

사람이 먼저다

아니, 자본이 우선이다
아니, 정권이 우선이다
아니, 기업이 우선이다
아니, 국가가 우선이다
아니, 아니다
가진 자가 우선이다

누가 가라고 등 떠밀었는가
어둠보다 더 컴컴한 컨베이어 벨트를 치우라 했는가
누가 잠잘 시간에 일하라고 했는가
어둠보다 더 캄캄한 스크린도어에 매달리라고 했는가

걸음마다 탄 더미에 숨이 막히고
걸음마다 끝나지 않을 굉음에 귀가 막혀도
사람이 우선이라던 세상

사람이 위선(僞善)인 세상

어머니 저를 냉동고에 두지 마세요
사람이 우선이 될 때까지
사람의 위선(僞善)을 부실 때까지
어머니 저를 다시 자궁에 가둬 주세요

아가, 이리 오렴
에미는 울지 않겠다
자본이 사람을 돈과 구별하도록
정권이 사람을 권력과 구별하도록
기업이 사람을 기계와 구별하도록
국가가 사람을 우선하도록
모든 가진 자가 사람을 우러르도록
에미는 절대 너를 놓지 않겠다

아가, 대오가 갖춰질 게다
에미가 투사라도 되어야지
사람이 이렇게 물결치는걸

함성이 이렇게 밀려오는걸

사람이 먼저다!
사람이 우선이다!

아가, 편히 보고 있거라
편히 듣고 있거라, 아가

다시 전태일

햇빛 없는 칸막이 속
시다는 엎드려 잠이 들고
미싱 소리 전혀 평화롭지 않던
평화시장

아직 누군가 기억하는지

근로감독관에게
국부라 칭한 대통령에게
부치지 못한 편지들

지금 누군가 보내고 있는지

정당한 임금을 주고도
타이밍을 먹지 않아도
산업역군이 아니어도
충분히 돈을 버는 기업
전태일이 꿈꾸던 태일피복

그가 지키려던 깨끗한 동심*

벌써 누군가 꾸리고 있는지

묻고 또 묻는다, 대한민국아

거리에서, 옥상에서
철탑에서, 관제탑에서
스크린도어에서
석탄 컨베이어 벨트에서

다시는 전태일이 오지 말라고
다시는, 다시는!

* 전태일이 일기에서 어린 시다공들을 지칭한 표현

탄일종 2018

눈이 곧 내릴 듯한 날
거리에는 성탄 찬가가 이어지고

벨트가 갈라 놓은
젊은 아들을 냉동고에 둔 어미
찢어진 하늘 같은 마음

아기 예수를 위해
교회를 위해
탄일종이 울린다
성탄을 외친다

황금으로 부활을 믿는
자본의 땅
그 부활을 위해 노동자가 죽어야 하는
모순의 땅

예수는 보이지 않고

찬가만 가득한 나라

어미 혼자 얼음장 위에 엎드려 있다

보름에

장우원 님 무슨 생각을 하고 계신가요?
페북이 묻는다.
아무 생각도 안 하고 있어요.
내가 대답한다.

그러다가 생각을 하기로 한다.
오늘은 보름이고 보름달이 크게 떴고 내일부터 다시 작아질 것이다.
생각한다.
역병도 이제 변곡점을 찍고 수그러들까?
생각한다.
수그러드는 게 진실이라고 믿을 것이다.
생각한다.
믿음은 경험에서 우러나온다. 보름달과 그믐달은 믿음의 관계다.
생각한다.
델타에서 오미크론을 거친 델타크론도 믿음의 관계일까?
생각한다.
그믐달이 초승달로 다시 보름달이 되면 달이 커졌다고

믿을 것이다.

생각한다.

그렇게 믿다가 달보다 먼저 우주의 티끌로 사라질 것이다.

생각한다.

역병도 생로병사의 순환에 따라 플루로나로 사라질까?

생각한다.

사라지는 중인 보름달을 보면서 경건하게 한잔한다.

생각한다.

역병으로 사라진 목숨들은 인류의 미래를 위한 임상 시험일까?

생각한다.

보름달을 보다가 갑자기 엄숙하게 읊조린다.

생각한다.

달이 커지든 작아지든 온 누리에 불현듯 입술이 만발하면 좋겠다.

생각한다.

마스크 안 쓴 보름달을

생각한다.

사회적 거리 두기

만두를 팔던 만두 가게는 만두 대신 찰옥수수를 판다 쪄서 판다 시내버스 종점 옆 강원도에서 새벽에 직접 공수한다는 현수막을 만두 간판 아래 걸고 두 자루 삼천 원 네 자루 오천 원

길 건너 또 다른 시내버스 종점 앞 만두 가게가 아닌데 여기서도 찰옥수수를 판다 쪄서 판다 분식집 간판을 단 떡볶이 불판 위에는 생과자만 잔뜩 올려놓고 두 자루 이천 원 네 자루 사천 원

도로를 사이에 두고 내가 찰옥수수를 사는 사이

아이들이 학교에 가지 않는다
아이들이 학교에 갈 수 없다

찰옥수수를 대신할
종점에서 내리는 사람들 사이

나풀거리는 만두 가게 증기 앞으로 풀풀 날리는 냄새

불판 위 자글거리는 떡볶이 옆 재재거리는 아이들 후루룩 마시는 어묵국

그래서

만두 가게에서는 만두를 팔고 찰옥수수는 팔지 않고 분식집에서는 떡볶이를 팔고 찰옥수수는 팔지 않고 나는 도로를 사이에 두고 찰옥수수 때문에 뛰지 않아도 되는

아주 그리운 일상

해장라면

쓰린 속을 달래려
이른 아침 찾아든 24시 분식집

흐린 조명
투명 가림판 너머
당신은 고개를 숙이고 라면을 먹는 중

새벽 인력시장에서 허탕했는지
밤샘 끝내고 귀가하는지
당신 곁은 낡은 가방뿐

세상은 가림판 너머 창밖에 빛나고
방음벽을 들이박기 직전
새가 바라보는 곳은 어디일까

연기 폴폴 나는 해장라면 앞
투명 칸막이 너머

24시 분식집 유리창 너머

날 서서히 밝을수록
흐려지는 시야

투명 가림판 아래
면발이 붇고 있다

세계 전도를 사야겠어

양팔 벌릴 정도의 크기로
책상 위 벽에 떠억 붙여 놓는 거야
세계를 품는 거지
전쟁광처럼 진격할 일은 없지만
갈라진 벽지는 가릴 수 있어
갈라진 벽도 잊을 수 있어
코비드-19 시황도 체크하며
역병과 국부(國富)의 상관관계도 살피지
필요하면 색칠도 하고 지우고
방문하고픈 나라들을 찾아봐야지
나이 더 들기 전에
시베리아 횡단열차도 타고
오로라도 영접해 봐야 하는데 말이야
일단 깃발만 꽂아 두어도 좋겠구만
희망이라는 게 생기는 거 아니겠어
찢긴 벽지가 안 보이는 희망
금 간 벽이 안 보이는 희망
고작 종이 쪼가리 한 장 붙인 주제라고

비난은 말아 줘

마스크 비대면의 시대에

이만큼 즐거운 놀이가 없을 테니까 말이야

지극히 개인적인 총의 역사

나는 명사수였다 고무줄총
똥파리를 찾아 골목을 쏘다녔다

아무도 아파하지 않았다

수업이 싫었다 교련 시간 목총
총대는 종종 '빠따'로 돌변했다

강의가 싫었다 총기 훈련 M1
닦고 조이고 분해하고 반복 조립했다

병영이 싫었다 사격 훈련 M16
표적지에는 더러 구멍이 안 보였다

예비군이 싫었다 동원 훈련 CBN
방아쇠는 오래도록 고막을 후벼팠다

살의를 품은

꿈에서도 내 총은 격발되지 않았다

그래서 여전히 총이 무섭다

아, 그런데, 요즈음, 문득문득
총알 잘 장전된
잠재된 살의를 불러오는

총 한 자루 꼭 있었음 싶을 때가 있다

저 사람들이 그 사람들인가*

광장에서 성조기를 흔들고
일장기도 흔들고
나라를 구하자고 소리를 높이는

저 사람들이

깔끔하게 차려입고 성경을 끼고
행복한 웃음을 짓는

손주 사진과 동영상을 들이밀며
핸드폰을 밀고 당기는

지나가는 동네 꼬맹이를 불러
기어코 사탕을 안겨 주는

가던 걸음 멈추고 그늘에 서서
살랑살랑 햇살을 먼저 보내는

바로 그 사람들인가, 저 사람들이

* 김남주의 시 「동두천에서」 인용함

우리는 파도였다

파도는 밀려갔다
다시 밀려온다.

80년 그해 오월
도청을 앞에 두고
우리는 파도였다.

물고기를 노리는 갈매기처럼
헬기가 상공을 투탁거려도
우리는 대오를 잃지 않았다.

난도질로 흩날리는 비늘들
저마다 가슴에 부여안고
은빛 칼날이 되어
경적을 울렸다.

파도는 모든 것을 삼키고
오히려 다시 맑아진다.

80년 그해 오월
피 묻은 태극기를 앞에 두고
우리는 파도였다.

작살을 던지는 사냥꾼처럼
저격수가 총알을 난사하여도
우리는 태극기를 놓지 않았다.

허공에 솟구치는 붉은 포말들
저마다 가슴에 쓸어안고
핏빛 맹세가 되어
마침내 도청을 뒤덮었다.

해방 세상
오월 광주
죽음 앞에서도 기꺼이
우리는 넘실거렸다.

김안부* 씨가 묻는 안부

어야,
자네**가 나보다 먼저람서?
구쓰 맹그는 자네나
막일허는 나나
일등이 가당키나 한 일이것어
언제 살육을 시작했는지
어짜서 광주 사람덜이 들고일어났는지
고것이 중요헌 일이제

점심 먹고 나오다
뒷골이 터지고 눈알이 튀어나온 자네나
일당 놓치고 공원을 지나다
앞이마가 터진 나나
그 난리굿 천지서도
우덜은 병원이라도 들렀다 왔제만
대검에 찔리고
진압봉에 터져 뽀사지고
총알에 바람 난 삭신들

엇따 감촸는지, 묻어 부렀는지
트럭에 개켜서 어디다 버렸는지
안적도 모르는 혼들이 많다는디 말이여

그래 놓고도 대통령을 해 처묵고
훈장도 나눠 묵은 자석들이
우리가 잘못했다고 떠든다는디 말이여
벌써 사십 년이나 그러고 있다는디 말이여

숨 거둘 때가 되면
애기들처럼 정신이 깨끗해진담서
저것들이 한 번 그래야 안 쓰것는가
잘못됐다고, 잘못했다고
그라믄 즈그들도 홀가분헐 것인디
사십 년이면 삐대도 너무 오래 삐댄 거 아닌가 모르것어

워따, 다시 오월이구마잉
이참 시 광주 갈 적에는

자네나 나나

구원(仇怨)이 싹 풀렸으믄 좋겄네야

* 김안부(당 36세) : 5월 19일 오후 5시쯤 광주공원 전남주조장 앞 공터
  에서 밤새 비를 맞은 시체로 발견 후 전남대병원 영안실에 안치됨. 항
  쟁 당시 최초의 사망자로 알려졌음(김영택, 『5월 18일, 광주』, 역사공
  간, 297쪽 참조).
** 항쟁 최초의 사망자 김경철을 이름. 농아(聾啞)로 장애증명서까지 보
  였으나 무참하게 맞아 죽음.

붉은 발자국

우리 동네가 온통 붉은 점이오
화면을 좌악 늘려 들여다보니
와- 우- 이 점들이 더욱 보통이 아니오

택배차 한 대와 택배 노동자 한 사람
빼곡하오

홀연 핏방울 생각이 나오
부상당한 병사가 야전병원을 헤매듯
처연한 궤적
포탄을 뚫고 오는 중이오

실시간 배송조회 시스템
다시는 참하
송장 번호를 입력하지 못하겠소

쿠바 관광 안내원 호세에게

호세, 만나서 반가웠어, 그런데
당신이 다녀온 평양에
내가 갈 수 없다는 것
그거 하나는 가슴이 아프군
메모리카드 리더기를 끝내 못 사고
쿠바를 떠나는 것도 그렇군
자일리톨 껌 한 통
당신이 그리 반겨 주는 것도 그렇군

그러나 호세, 만나서 즐거웠어
조선말이나 한국말이나
뜻이 통하기는 마찬가지지
당신이 그걸 알려 주었어

더군다나 이역만리 아바나에서
우리가 같은 말을 하고 있어서 기뻤어
사회주의든 민주주의든
김일성대학이든

서울교육대학이든

아무런 장애가 없었다는 것

당신이 그걸 깨우쳐 주었어

분단된 한반도에 희망이 있다는 걸

당신이 새삼 보여 주었어

고맙군, 호세

갑자기 봄

사실은 그게 아니다
갑자기 봄이라니

저 여린 잎들이 피기까지
겨울은
또 얼마나 모질었는지
뿌리는
또 얼마나 견뎌 왔는지

사실은 그게 아니다
갑자기 통일이라니

저 낮은 콘크리트 턱 하나
손 맞잡고 넘기까지
도보다리 발맞추어
나란히 걷기까지
이념은
또 얼마나 미쳐 왔는지

목숨은

또 얼마나 애태웠는지

갑자기 봄,

갑자기 통일.

사실은 그게 아니다

사실은 절대 그게 아니다

꿈

"멀다고 하면 안 되갔구나"
평양냉면이 뉴스를 타고 배달되던 날
공화국 둘, 어깨를 겯던 날
나는 생각했다
개마고원을,
개마고원 어느 야트막한 초지를
그 초지에서
봄 햇살 짱짱하게 받으며
대동강 맥주랑 소주를 섞어
한잔했음 좋겠다고
내 생 마감하기 전
그날이 오기는 오나 보다고
나는 생각했다
사람은커녕
짐승도 오가지 못하던 땅
터벅터벅 걷고 걸어
삼수갑산까지 갈 수 있다면
게서 나무 베는 이들과 둘러앉아

합환주 한잔 가득 나눌 수 있다면
통일이 아니어도
길을 따라 무기는 사라지고
길을 따라 사람이 오가는 꿈
통일이 아니어도
길을 따라 이념은 사라지고
길을 따라 사람이 오가는
바로 그 꿈

희망가

문종필

엄마, 이별, 가족

스핑크스의 수수께끼를 주고받으며 즐겁게 몽상하던 시절이 있었다. "목소리는 하나인데 네 다리, 두 다리, 세 다리로 걷는 것은 무엇인가?"라는 질문에 대한 정답은 인간이라는 것이 매우 낯설게 느껴졌지만, 머릿속으로 이해하며 정말로 잘 만들어졌다고 생각했다. 그런데 지금은 서글프게 느껴지기도 한다. 한 인간의 생로병사가 온전히 담겨 있기 때문이다. 태어나서 튼튼하게 성장하고 그 이후엔 점차 줄어드는 우리들의 모습과 다름없었던 것이다. 시간은 더디면서도 쏜살같다는 점에서 이 수수께끼에서 자유로울 사람은 없다. 장우원의 이 시집도 그런 흔적을 곳곳에 숨겨 두고 있다.

가령, 시인은 "까닥 정신줄 놓거나/먼 길 떠나면"(「아버지보다 더 살고 보니」) 자신의 존재를 유일하게 증명해 주었던 세금 통지서나 어

117

느 단체의 문학잡지들, 또는 동료 문인들의 개인 시집 발송으로부터 이제는 "서서히 준비해야"겠다고 다짐한다. 그래서 그런지 그의 시선 속에는 삶과 죽음의 풍경이 어렵지 않게 포착된다. 한 노인의 죽음을 그린 제목 자체가 「풍경」인 것도 그렇고, 이제는 "부고를 알리는 문자"가 제법 많아졌다고 고백한 「겨울」도 그렇다. 무엇보다도 엄마에 대한 이야기가 그렇다.

시인은 엄마에 대한 이야기를 시집 첫 번째 작품에 담아 놓았다. 엄마의 육신은 예전처럼 활발하지 못했던 것 같고, 스핑크스의 수수께끼처럼 홀로 걷기도 힘드셨던 것으로 보인다. 그런 엄마를 요양 병원에 옮기는 일은 어떤 느낌일까. 미안하기도 하고 부끄럽기도 할 것이다. 한편으론 조금은 숨통이 트일 것 같기도 하다. 하지만 어린 시절부터 나를 길러 주고 품어 주었던 엄마를, 늘 항상 내 편에서 나를 지켜 주셨던 당신을 집이 아닌 요양 병원으로 거처를 옮기는 일은 누구에게나 마음 편한 일은 아닐 것이다. 무엇인가 커다란 죄를 짓는 느낌이랄까.

당신을 위해 그런 게 아닙니다.

모두 나를 위해서
그렇게 하지 않으면 내가 힘들어서
그래서 그렇습니다.

그러니 이제
편히 주무십시오.

꿈이 깨면
육신의 무게가 사라졌음 좋겠습니다.

어머니

　　　　　　　—「요양 병원 침대맡 기도」 전문

　이 시에서 확인할 수 있는 것처럼 화자는 솔직하게 자신의 심뇌 (心惱)를 털어놓는다. 당신을 위해서 그런 선택을 한 것이 아니라, "모두 나를 위해서/그렇게 하지 않으면 내가 힘들어서/그래서 그렇습니다."라고 고백한다. 동시에 "꿈이 깨면/육신의 무게가 사라졌음" 좋겠다고 말한다. 여기서 육신의 무게는 엄마의 무게겠다. 생각해 보면 이것은 반어임에 틀림없다. 반어적으로 말할 수밖에 없는 복잡한 심정이다. 화자는 요양 병원 침대맡에서 어머니와 마주한 채 기도를 드리며 한 사람의 생을, 어머니의 생을, 이렇게 응시한다.

　잠시 생각해 보면 힘들더라도 엄마가 건강한 모습으로 내 곁에 있어 주길 시인은 바랐는지 모른다. 하지만 누구나 한 번은 맞이할 수밖에 없는 인간의 '끝'을 엄마 역시 피해 갈 수 없다. "사라지기 전/가벼워지"(「낙엽 단상」)는 낙엽처럼 엄마도 나풀거리며 이곳에서 저곳으로 흔들리셨다. 엄마가 이곳에 계시지 않으니 화자는 엄마에게 닿고 싶지만 닿을 수 없는 목소리로 "어머니 잘 들어가셨는지요"(「부치고 싶은 편지」)라고 종종 묻는다. 엄마는 아버지와 함께 편히 쉬고 계실까. 이처럼 시인에게 그리운 당신은 여러 방식으로 변주되어 시집 속 곳곳에 흐른다.

이 시집에서 '계보(系譜)'에 대한 이야기가 적혀 있는 것이 흥미롭다. 시인의 집안은 '녹내장'으로 많은 고생을 했던 것으로 보인다. 아버지, 큰형님, 셋째 형, 막냇동생이 녹내장으로 고생했다는 가족력에 대해 적혀 있다. 녹내장은 눈(目)의 질환 중에 하나로, 심해질 경우 시력이 저하되면서 실명될 수도 있는 무서운 병이다. 화자의 집안은 이런 병을 자신의 의도와는 상관없이 물려받게 된다. 훈장이라든지 멋진 가훈이 아닌 '병'을 물려받는 집안 내력은 무엇인가 삶을 보다 더 애처롭게 만드는 것 같고 두렵게 만드는 것 같다. 하지만 역설적이게도 이러한 조건 때문에 삶을 더 슬기롭게 살아가게 되는지 모른다. 죽음을 응시하는 것처럼, 늘 항상 병을 응시하고 있기 때문이다. 그가 "그런데도/잘 견뎌 왔군/잘 건너왔어//이순을 앞두고 생각하니//잘 견뎌 왔어/이 두려운 가계도(家系圖)"(「계보(系譜)」)라고 말하는 것에서 알 수 있듯이, 시인은 앞으로도 가계의 운명에 맞서 당당히 살아갈 것 같다.

나, 인정, 쓸모

이 시집에서 눈길이 가는 것은 문학과 관련해 나의 정체성을 묻는 장면이다. 그것은 '쓸모'와 관련이 있다. 그렇다면 쓸모가 무엇인지에 대해 이야기할 필요가 있겠다. 어느 단체가 나에게 문학상을 수여해 주는 것이 쓸모일까. 아니면 누군가가 나의 작품을 빌려와 시비를 세워, 먼지가 될 때까지 긴 시간 동안 내 이름을 뽐내주는 것이 쓸모일까. 하지만 이것은 쓸모가 아니다. (쓸모가 아닌) 진정한 쓸모가 되는 법은 상징적인 권력에게 인정을 받기보다는 그러한 권력으로부터 자유로워지는 것이다. 자유로워질 때 오히려 선한 상징들이 달라붙는다. 이것은 자명하다.

물론, 긍정적인 맥락에 놓인 상징이 부정될 요소는 아니다. 하지만 인위적인 인정보다는 누군가가 나의 작품을 기억하고 나의 작품을 진솔하게 읽어 주는 것이 더 의미 있다. "나보다 더 애틋이/내 시를 사랑한/아내와/벗 하나 있어//여기 담아/고마움을"(「시인의 말」) 전하고 싶다고 시인이 말한 것처럼, 쓸모는 이런 방식으로 널리 퍼져야 한다. 시인은 작품으로 살고 작품으로 죽는다. 이것은 불변의 법칙이다.

그럼에도 불구하고 타자로부터 인정받고 싶은 것은 어쩔 수 없다. 어느 한 철학자가 말하지 않았던가. 당신이 아닌 우리는 "타자의 욕망을 욕망한다"라고 말이다. 그러니 자신의 작품이나 연구서 또는 에세이가 많은 사람들에게 반복적으로 읽히고 여러 번 소개되거나 노래로 만들어진다면 고마운 일이다. 시인들은 자신의 시집이 많은 사람들에게 읽히길 진심으로 바란다. 이것은 숨길 수 없는 너무나 당연한 바람이다. 하지만 시인으로서 그렇게 되기는 쉽지 않다. "팔리지도 않는 시집"(「나는 시인이다」)으로 인해 괴로워하는 것이 다반사다.

고장 난 시계
가지 않는 시계
안 가는 시계
못 가는 시계
멈춰 버린 시계
건전지가 다한 시계

건전지를 갈면 가는 시계
갈 수도 있는 시계
건전지를 넣어도 갈지 안 갈지 알 수 없는 시계

내 이름 석 자도 이와 같으니

—「호명(呼名)」 부분

　화자는 자신을 고장 난, 가지 않는, 안 가는, 못 가는, 멈춰 버린, 건전지가 다한, 건전지를 바꿔 넣어도 갈지 안 갈지 알 수 없는 시계라고 고백한다. 짠하지 않을 수 없다. 하지만 시인은 열심히 자신의 삶을 살아 냈지 아니한가. 당당히 옳은 것에 대해 이야기하지 않았는가. 그리고 먼 훗날에 누군가가 당신의 이야기에 진심을 담아 귀기울여 들어줄지 누가 아는가.

　시인의 죽음은 생물학적인 죽음이 아니라, 나의 작품이 사람들에게 읽히지 않는 것이다. 당신에게는 당신의 문학을 사랑해 주는 사람이 있으니, 그리고 당신을 기억해 주는 마음씨 좋은 사람이 여전히 건강하게 주변에 있으니 움츠릴 필요는 없다. 그러니 다시 일어서자. 봄날 산비둘기가 운다고 생각하지 말고, 비둘기 역시 기분 좋게 구구구구거린다고 받아들이자. "연둣빛 새싹 너머/추위에 말라죽은 가지만"(「춘래 유감」) 보인다고 말하지 말고, "벌써 왜 이순인가"라고 말하지 말고, 다시 힘 있게 세상을 쳐다보자. 당신은 그럴 자격이 충분히 있다.

재미, 위트, 동화

이 시집에서 또 다른 흥밋거리는 '지렁이', '달팽이', '거북이', '기차', '참새'와 같은 대상을 시적 소재로 끌어와 재미나게 익살스러운 감각을 동화와 같이 담아낸다는 사실이다. 시인은 앞서 자신의 나이가 '이순'이라고 말했지만, 이런 작품 앞에서는 나이가 무색해진다. 다소 쓸쓸하고 슬픈 정서가 담겨 있는 이 시집에서 숨통을 트이게 해 주는 것 같다. 그러니 반갑게 맞이하게 된다.

　　기어가는
　　달팽이 한 마리

　　우주의 시간을 등에 이고
　　천천히
　　자전하는 중

　　지구는 그저
　　그의 몸 바닥에 붙어 있을 뿐

　　그의 몸은 그저
　　지구를 굴리고 있을 뿐

　　　　　　　　　　　　　　　—「달팽이의 시간」 전문

달팽이 한 마리를 화자는 관찰한다. 달팽이는 느리고 끈끈한 몸을 밀고 움직인다. 시인은 달팽이가 집을 이고 가는 장면을 "우주의 시간을 등에 이고/천천히/자전"한다고 말한다. 이렇게 표현하는 것을 가볍게 생각할 수 있으나, 달팽이를 관찰하는 사람의 입장으로 돌아가 움직임을 응시한다면 신기할 수밖에 없다. 탄생할 때부터 자신의 집을 지은 채 살아가는 달팽이의 운명도 그렇고, 그런 운명으로 인해 몸이 무거워져 발걸음이 느려졌을지도 모른다는 즐거운 몽상도 그렇다. 달팽이가 달팽이로 보이지 않는다. 신비한 존재로 뒤바뀐다.

기차를 기다리며
철로는 빛난다.

바퀴와 싸운 곳은
녹슬지 않는다.

녹슬지 않기 위해
제 살을 내어 준다.

제 살을 내어 주며
온 힘으로 견딘다.

오는 것들 거부하지 않고
가는 것들 잡지 않는다.

살을 에일 듯
빛나다 사라지는

기차는 먼 곳부터 두드리며

두려움과 함께 온다.

―「기차를 기다린다」 전문

이 작품은 역동적인 기차와 기차에게 길을 내주는 철로와의 관계를 다룬다. 시인은 물리적인 관계에 놓인 철로와 기차의 관계를 한 사람의 긍지와 연결해 풀어낸다. 이 지점이 재미있다. 우선, 철로는 단순히 기차를 움직이게 해 주는 교통수단에 불과하지만, 철로에 인격을 부여하면 사정은 달라진다. 철로는 자신의 몸을 늘 항상 녹슬지 않게 자신의 맨살을 "내어 준다." 때론 온 힘으로 철로를 "견딘다". 오는 기차도 가는 기차도 "거부하지 않고" 붙잡지 않는다. 이러한 성격으로 보았을 때, 철로는 굉장히 쿨한 성격의 소유자임을 알 수 있다. 무겁고 육중한 존재를 온몸으로 버티는 것도 마다하지 않으니 강인한 정신의 소유자임을 확인할 수 있다. 기차는 철로에게 시련과 아픔과 두려움을 제공하지만 철로는 "기차를 기다리며" 오히려 당당하게 빛난다. 그런데 이 기차는 시인의 모습과 다름없다. 이 철로를 보면서 그는 굳게 마음을 다잡았을 것 같다. 그러니 당신은 '이순'을 두려워하지 말라.

기술, 식욕, 동물

사는 것이 만만치 않다. 시대마다 사연이 없는 시대도 없다. 누군가는 늘 항상 그때 그 시절로 돌아가 이야기하지만, 그 시절은 그 시절로 머물러 있을 뿐, 지금 이 순간만큼 강렬하게 영향을 주지 못한다.

새로운 기술과 문명이 펼쳐지는 포스트-휴먼 시대에선 예전과는 낯선 장면들과 조우한다. 예를 들어 화자는 이 시대의 새로운 육아법이 생겼다고 말한다. 그것은 스마트폰을 이용하는 것이다. 과거에는 말귀로 손길로 눈길로 우는 아이를 달랬지만 요즘은 "핸드폰을 쥐여"(「이 시대의 육아법」)주며 엉엉 우는 아이를 달랜다. 간편하다. 이런 풍경 자체를 나쁘다고 볼 수는 없다. 다만 시인은 스마트폰을 손쉽게 건네는 것보다 사람의 따뜻한 온정과 애정이 필요하다고 역설한다.

컴퓨터 기능인 컨트롤 V와 컨트롤 C도 마찬가지다. 이 단축키는 '복사'한 것을 어려움 없이 있는 그대로 '붙일' 수 있는 기능이다. 한마디로 손쉽게 옮기는 것과 무관하지 않다. 이런 기능을 어린아이들이 손쉽게 배운다. 이것 또한 비판할 것은 아니다. 하지만 시인의 입장에서 걱정이 된다. 어떤 한 대상을 옮기거나 재현하는 것이 애쓰지 않아도 된다고 받아들일 수 있기 때문이다. "아이의 영혼"(「스마트 세상」)에 이런 생각이 고정된다면 어떤 한 존재의 고귀한 영혼이 훼손될 수도 있는 것이다. 시인은 그렇게 믿는다. 그의 이러한 우려는 학교 선생님으로 재직하면서 느꼈던 애정 어린 마음과 무관하지 않다.

이 시대는 또한 바이러스로 인해 곤욕을 치르고 있다. 얼마 지나지 않아 바이러스를 물리칠 수 있다고 믿었던 인류는 그것이 불가능하다는 것은 온몸으로 체득했다. 보이지 않는 미세한 바이러스는 막대한 노력에도 불구하고 사람과 사람을 멀어지게 만들었다. 아이러니한 것은 인류에 막대한 피해를 입혔지만, 어김없이 봄과 여름과 가을과 겨울은 찾아온다는 점이다. 화자는 "마스크 너머로" 따뜻한 햇살을 맞이한다. 바이러스가 우리들에게 알려 준 것은 무엇일까.

시인은 "멈춰 섰다 생각하라는 뜻"('봄이 참 힘들기도 하다만」)으로 받아들인다. 이 혜안(慧眼)은 틀리지 않다. 코로나로 인해 사람들은 멈추게 되었고 이 멈춤으로 인해 잃은 것도 상당히 많았지만, 얻은 것도 있었다. 대기질이나 수질이 좋아진 것이 대표적인 예다. 공간과 시간을 넘어서는 메타버스와 같은 기술 매체의 결합(익숙함)도 이와 무관하지 않다. '시인의 말'처럼 우리가 잠시 멈추었을 때, 새로운 가능성에 대해 생각할 수 있었던 것이다. 그러니 우리는 직선이 아닌 '구부러진 직선"(「걸으며」)의 방식으로 다르게 바라볼 필요가 있다. 그런데 이런 재난의 시대에서도 인간의 식욕만큼은 어쩔 수 없나 보다. 당대의 '먹방' 문화는 그것을 잘 반영한다.

명태 사체를 발라 먹는다
곤이와 애
잘 보관된 냉동 부속들 함께

봄비 무척 많이 내리는 밤

오리 소 돼지 닭
여기저기 널브러져
심탐(深耽)하는 사람들

병원 영안실 근처

싱싱한 사체를 알리는 간판들
맛있는 사체를 권하는 불빛들

죽은 것에 질릴 때쯤
산 것들 찾아가는 입들

멍게와 오징어는 움직이는 채
껍질 벗긴 광어는 생살 예쁜 채

밤은 그렇게 깊어 간다
비는 그렇게 하수구로 흘러든다

—「포만 직설」 전문

　화자는 먹는 것에 대해 이야기한다. "죽은 것에 질릴 때쯤/산 것들 찾아가는 입들"에 대해 생각한다. 영안실에 방문한 목적과는 무관하게 사람들은 산 것과 죽은 것을 가리지 않고 먹어댄다. "봄비 무척 많이 내리는 밤"에 말이다. 한마디로 봄밤에 그들은 잔인한 드라큘라가 된 것이다. 그러니 이 작품은 '동물권'과도 연결해 생각해 볼 수 있다. 인간은 못 먹는 것이 없는 최상위의 포식자이기 때문이다. 아직까지 코로나19의 원인이 명확하게 규명되지는 않았지만, 동굴 속에 있어야 할 '박쥐'를 식용으로 먹기 위한 인간의 욕망이 이곳에 바이러스를 전파한 것으로 추측된다. 인간은 이렇게 잔인하다. 모순인 것은 잔인하면서 자유를 외치고, 꿈을 이야기하고, 타자를 이해해야 한다고 주장하며, 사랑을 이야기한다는 점이다. 부끄러운 일이다.

노동, 약자, 바람

장우원의 시집에서는 '노동자'의 흔적을 찾을 수 있다. 여기서 노동이란 인간의 가치를 말한다. 교환 가능한 숫자로 환원되는 것이 아니라, 있는 그대로의 존재 그 자체를 말한다. 자본, 정권, 기업, 국가에 짓눌리는 것이 아니라 "사람이 우선"(「사람이 먼저다」)시 되어야 한다고 주장한다. 시인의 이러한 바람은 자연스럽게 노동자 전태일을 떠올리게 하고, 지금 이곳의 노동자들의 모습을 응시하게 만든다.

"실시간 배송조회 시스템"(「붉은 발자국」)을 문제 삼는 것도 이와 무관하지 않다. 더 나아가 시인은 여전히 민족의 아픔인 분단의 문제에 대해 이야기한다. 시인의 이러한 발언은 과거의 흔적을 손쉽게 잊어서는 안 된다는 발언과 무관하지 않다. 한국 현대사의 아픔을 시인은 외면하지 않으려고 한다. 이러한 의지는 중요하다.

마지막으로 희망에 대해 이야기해야 할 듯하다. 그는 「희망가」를 통해 낮은 위치에 있는 존재들을 다시 호명하려고 한다. 12월의 마지막을 보내며 새해에는 무엇인가 달라지기를 진심으로 바란다. 그 바람은 사글세 반지하에, 노숙인 바람막이 박스 안에, 비정규직 출근길에, 해고로 피멍 든 가슴에 "햇살,/고루고루 따뜻하게"(「희망가」) 퍼지는 것이다. 시인의 이런 마음이 아카시아 꽃향기처럼 널리 퍼져 나갔으면 좋겠다.

文鍾弼 | 문학평론가

푸른사상 시선 158

수궁가 한 대목처럼

장우원 시집